EL DUENDE VERDE

GW00545732

ANAYA

© Del texto: Marta Osorio, 1997
© De las ilustraciones: Violeta Monreal, 1997
© De esta edición: Grupo Anaya, S. A., 1997
Juan Ignacio Luca de Tena, 15. 28027 Madrid
www.anayainfantilyjuvenil.com
e-mail: anayainfantilyjuvenil@anaya.es

1.ª ed., febrero 1997
7.ª impr., enero 2012

Diseño: Taller Universo

ISBN: 978-84-207-7555-5
Depósito legal: S-112-2012

Impreso en Gráficas Varona
Polígono El Montalvo, parcela 49
Salamanca
Impreso en España - Printed in Spain

EL DUENDE VERDE

Marta Osorio

EL ÚLTIMO ELEFANTE BLANCO

Ilustración: Violeta Monreal

QUERIDO LECTOR

Me gusta inventar cuentos, me gusta escribirlos. Y me gustaría que a vosotros, que vais a leerlos, os gustaran también.

Si Kamala, el elefante blanco que creció en cautiverio, su amigo Raktamukha, el mono vagabundo, Kang Rimpoche, el aguilucho salvado de la muerte, y la mariposa dorada que tejió sus propias alas, se convierten en vuestros amigos y por un tiempo os acompañan y os hacen penetrar en su mundo, ellos y yo estaremos contentos.

marta osorio

EL ÚLTIMO ELEFANTE BLANCO

EN un antiguo reino de la India, había una vez un rey que poseía todo lo que se puede poseer en la tierra.

El rey vivía en un hermoso palacio de mármol blanquísimo rodeado de jardines.

En sus grandes salones podían admirarse lámparas de oro y de plata, muebles de maderas preciosas y tapices magníficos. Se decía que los brillantes, las perlas, las esmeraldas, los topacios, los rubíes y los zafiros se amontonaban en las arcas de su tesoro.

Pero lo que al rey le hacía sentirse más orgulloso era que también poseía un único y rarísimo elefante blanco.

El animal vivía en el palacio, celosamente guardado. Tres criados cuidaban de él. Lo cepillaban y limpiaban constantemente para que no perdiera un átomo de su blancura. Lo

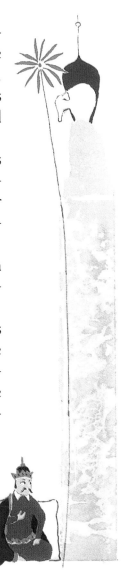

sacaban a pasear por los jardines cuando aún el sol no se había remontado en el cielo, pues temían que sus rayos fuesen a tostar aquella piel tan preciada.

Tres veces al año, en las grandes solemnidades, el elefante blanco tenía que pasear por toda la ciudad al rey sentado en un palanquín.

Varias semanas antes de la fiesta empezaban los preparativos.

El maestro de ceremonias se ocupaba de que el elefante hiciera ejercicios, obligándole a arrodillarse y levantarse cuando él se lo ordenaba. Durante muchas noches untaban el cuerpo del animal con aceite de coco, para que su piel fuera adquiriendo un brillo todavía mayor. Y cuando llegaba el día señalado, después de bañarlo y cepillarlo con más cuidado que nunca, lo iban cubriendo con finísimos polvos de arroz que hacían su blancura más resplandeciente. Luego pintaban grandes flores azules alrededor de sus ojos, colgaban dos hermosas perlas de sus orejas y le echaban una gran colgadura de seda recamada en oro sobre su lomo, sujetándole encima el palanquín. Que era como un palacio pequeñito, con su cúpula dorada incrustada de piedras preciosas y grandes cojines de terciopelo rojo para que el rey se sentara sobre ellos y todo el pueblo pudiera admirarle.

Al elefante blanco lo trajeron casi recién nacido, como botín de guerra, de las tierras de Birmania.

—Se llamará Kamala —dijo el rey complacido al mirarlo—, pues tiene la blancura de las flores del loto.

Y Kamala fue creciendo en el palacio, cautivo y solitario, sin conocer la alegría de correr libremente por la selva y vivir entre iguales.

Y ocurrió que aquella primavera, cuando el calor se hacía sentir ya con fuerza, una tribu

de monos vagabundos se instaló en los jardines que rodeaban el palacio. Se les veía saltar y correr alegremente entre los árboles, trepar por las altas palmeras en busca de los dátiles más dulces, apoderarse de los cocos más hermosos sin ningún miramiento y escoger las frutas más maduras con una gran tranquilidad.

Los criados del rey corrieron a dar cuenta de lo que sucedía al intendente de palacio. Éste se lo comunicó con toda urgencia a los ministros. Y todos los ministros corrieron a su vez para advertir al rey.

Era la hora más calurosa del día y el palacio entero reposaba. Los ministros atravesaron patios y galerías has-

ta llegar a la cámara real. El rey estaba recostado entre almohadones, oyendo tocar el laúd a un músico extranjero recién llegado, mientras que sus criados agitaban grandes abanicos de plumas para darle aire.

Los ministros se arrodillaron ante el rey y bajaron la cabeza hasta tocar el suelo, esperando a que su señor hablase.

—¿Qué sucede? —les preguntó éste.

Y el primer ministro, que tenía el oído finísimo para notar si la cólera amenazaba en la voz del rey, murmuró con cuidado:

—Señor, los monos han invadido el jardín. ¿Qué hacemos?...

El rey no contestó nada, frunció el ceño y levantándose se acercó para mirar hacia afuera. Los ministros, que le habían seguido a una distancia prudente, miraron también con cara de circunstancias. Por el balcón entornado llegaba el guirigay de los monos, se les podía ver cruzar los jardines en todas direcciones bajo la brillante luz del sol.

El rey se quedó mirándoles sin decir palabra y después sonrió y todos los ministros sonrieron también.

—Que se les deje en paz —ordenó el rey.

—Que se les deje en paz —repitió el primer ministro, coreado por todos los demás ministros, al intendente de palacio.

—Que se les deje en paz —volvió a repetir el intendente, dirigiéndose a los servidores.

Entre los monos recién llegados había uno que se llamaba Raktamukha, que era el más alegre, el más vivaracho y el más curioso de todos los monos.

Cuando Raktamukha hubo comido lo suficiente para aplacar su hambre y recorrido todos los jardines sin dejar ningún rincón por visitar, se acercó al palacio y empezó a curiosear también. A través de una ventana enrejada descubrió a Kamala, el elefante blanco, como siempre aislado y en penumbra, pues incluso temían que la luz pudiera perjudicar el color de su piel.

Raktamukha empezó a saltar agarrado a los barrotes de la ventana para llamar la atención del elefante.

—¡Eh, tú!, ¿qué te pasa?...

Kamala levantó los ojos y miró con asombro, ya que no estaba acostumbrado a que nadie le dirigiese la palabra.

—¿Estás enfermo? —volvió a preguntar Raktamukha—. Porque tienes un color...

Kamala volvió a mirarle con más asombro todavía, no podía comprender que hubiese alguien tan ignorante como para no saber que él era el único elefante blanco.

—Éste es mi color —aclaró Kamala—, soy un elefante blanco y formo parte del tesoro del rey.

En aquel instante los criados entraron para someter al elefante a la cuarta cepillada del día. Raktamukha se acurrucó en la ventana y siguió mirando sin perder detalle. Cuando los criados acabaron de cepillar a Kamala por todos lados y se fueron, Raktamukha volvió a hablar.

—No me extraña que estés así de blanco, con tantos restregones... Desde luego eres raro —añadió mirándolo con detenimiento— porque yo he conocido a muchos elefantes iguales a ti, pero todos tenían un color más oscuro y más sano y vivían de otra manera.

Y Kamala, que no sabía nada de todo lo que existía más allá de los cuatro muros del palacio, empezó a enterarse por Raktamukha de que la vida afuera podía ser muy diferente.

El mono se acercaba todos los días a la reja para visitar a su amigo. Por él supo Kamala de las extensas selvas, donde grandes familias de elefantes vivían en libertad, cerca de la pantera, el tigre y la serpiente. De la fuerza con que estalla la primavera en aquel mundo salvaje; del calor asfixiante al final del verano en que parece que todo va a morir abrasado; de la alegría de las primeras lluvias, cuando el agua caída del cielo empapa la tierra y baña a las plantas y a los animales haciéndoles recobrar nueva vida.

A Kamala cada vez se le hacía más insoportable pertenecer al tesoro del rey y vivir tan guardado como si fuera una piedra preciosa, sólo por el color de su piel. Y hubiera dado algo, si algo hubiera tenido, a cambio de volver a la selva lejana donde debió nacer y que no recordaba.

Un día, Raktamukha llegó a ver a Kamala dando más saltos que nunca.

—¡Qué noticia te traigo, Kamala! ¡Qué noticia! —dijo excitadísimo—. Acabo de descubrir en una de las grutas del jardín la entrada a un pasadizo secreto. Me he metido por el subterráneo y he llegado hasta el final y ¿a qué no sabes dónde terminaba?... Pues más allá de la ciudad, en pleno campo.

Kamala se quedó sin aliento al oír la noticia. Y los dos amigos decidieron aprovechar la primera ocasión que se presentara para escapar juntos.

Una noche en que les pareció que había llegado el momento, Raktamukha se introdujo

en el palacio por la puerta del servicio, se escondió dentro de un enorme jarrón de porcelana de China y allí esperó a que el palacio quedase completamente silencioso. Aguardó todavía a que pasaran los soldados que hacían la ronda de noche y, cuando éstos se alejaron, se deslizó fuera de su escondite y, sin que nadie lo oyera, abrió la puerta de la gran nave donde guardaban a Kamala, lo guió hasta el jardín y juntos corrieron hacia la gruta y desaparecieron por la entrada del subterráneo.

—Agárrate a mi rabo con la trompa —le dijo Raktamukha a Kamala— y no tengas miedo.

Y así caminaron durante una hora, en la oscuridad más absoluta.

—Ánimo, ya se ve un poco de luz —dijo Raktamukha, que sentía resoplar detrás de él al elefante.

Al fin los dos amigos, jadeantes, salieron a campo abierto.

Kamala, lleno de alegría, empezó a saltar torpemente. Corría de un lado a otro, feliz de verse en libertad, levantando la trompa y dejando escapar un grito como nadie se lo había oído hasta entonces.

No había luna, pero el cielo tachonado de estrellas enviaba una gran claridad.

Raktamukha, que también daba volteretas de contento, se paró de pronto mirando a su amigo, preocupado.

—Kamala —le dijo—, cómo brilla tu piel y qué blanco se te ve; todo el mundo te reconocerá enseguida, tenemos que hacer algo.

—Es verdad —dijo Kamala asustado.

—Hay que ensuciarte de alguna manera —advirtió Raktamukha.

—Ahora verás —contestó Kamala.

Y empezó a revolcarse por la tierra, muy contento de poder hacerlo sin que nadie se lo impidiera. En poco tiempo quedó tan sucio que resultaba imposible reconocer en él al único y raro elelefante blanco.

—¡Magnífico! —dijo Raktamukha—. Vamos.

Los dos amigos volvieron a ponerse en camino. Iban atravesando campos, resecos ya a causa del calor, cuando una luz venida del cielo los detuvo. Asustados, Kamala y Raktamukha se echaron al suelo.

—¿Oyes esa música? —preguntó Kamala a su amigo sin atreverse a hacer el menor movimiento.

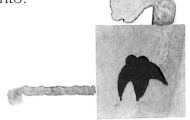

—Sí, la oigo —le contestó Raktamukha con un hilo de voz.

Poco a poco levantaron la cabeza atreviéndose a mirar. Y vieron descender del cielo a la tierra, por una escala luminosa, la más brillante comitiva que pudiera imaginarse.

Se acercaba en primer lugar el dios Siva, señor del mundo, el del gran ojo que todo lo ve. El de los cuatro brazos que mueve al girar tan rápidamente, que parece estar completamente quieto. Dios de la vida y de la muerte, refulgente y brillante como un sol, oscuro e invisible como la noche. Se le veía avanzar acompañado por toda la luz del universo.

Le seguía su esposa, la diosa Parvati, tan hermosa como jamás se había visto mujer. De sus manos iban brotando sin cesar flores y frutos que dejaba en su camino. Y toda la belleza de los colores que existen en la tierra la rodeaba.

Venían después sus hijos. Eskanda, dios de la guerra, duro y brillante como el acero, llamado y temido por los hombres. Llevaba su terrible espada desenvainada y a su paso se oía el fragor de cien batallas. El choque de las armas, el toque de los clarines, los gritos de los guerreros, el relinchar de los caballos, el gemido de los heridos.

Por último vieron acercarse a Ganesa, el dios bondadoso y sencillo que tiene cabeza de elefante. El dios que atrae la buena fortuna, que ayuda a resolver problemas y salvar obstáculos.

El maravilloso cortejo fue pasando sin parecer reparar en Kamala y Raktamukha, que seguían echados en el suelo. Sólo Ganesa les hizo comprender que su presencia había sido advertida, pues los rozó al pasar con sus manos cargadas de poder, mirándolos sonriente como si adivinara el más escondido de sus deseos.

Y el fantástico desfile se fue alejando, desapareciendo con su música y sus luces.

Kamala y Raktamukha se miraron el uno al otro para asegurarse de que no habían soñado. Y también ellos emprendieron la marcha, pues debían alejarse de la ciudad, antes de que en el palacio se descubriera la desaparición del elefante blanco.

Caminaron sin descanso durante toda aquella noche. Y al amanecer llegaron a una aldea

de casitas con paredes de bambú y techos pun-
tiagudos.

El cielo se había aclarado y empezaba a
ponerse color naranja. Y las mujeres, con sus
largos velos de preciosos colores y los cánta-
ros sobre la cabeza, salían de sus casas camino de la fuente. Kamala y Raktamukha, que
estaban rendidos por la caminata y tenían
mucha sed, las siguieron.

Pero aquella mañana las mujeres no reían
ni cantaban como otras veces, mientras llenaban sus cántaras haciendo tintinear todas las
pulseras que adornaban sus muñecas y sus to-
billos. Estaban muy tristes. Miraban con an-
gustia el escaso hilo de agua que brotaba de
la fuente, pues parecía que iba a secarse

cuando el fuerte calor hacía más insoportables los
días del verano. A pesar
de todo, como tenían
buen corazón, dejaron
que los animales se acer-
caran para aplacar su
sed. Apenas Kamala y
Raktamukha habían em-

pezado a beber, cuando un gran chorro de agua volvió a correr de nuevo entre los gritos de asombro y alegría de las mujeres. Los hombres y los niños empezaron también a salir de sus casas queriendo enterarse de lo que pasaba. Y Kamala y Raktamukha aprovecharon todo aquel alboroto para escapar sin ser notados.

Y así los dos amigos conocieron muchas otras aldeas y ciudades. A su paso, el agua de las fuentes volvía a brotar aunque estaban en pleno vera-

no, los árboles daban más fruto y los problemas se arreglaban. Y la voz de que un elefante y un mono, protegidos del dios Ganesa, eran portadores de la buena fortuna, empezó a correr de boca en boca.

Los rumores llegaron hasta el palacio. El rey, que estaba furioso porque, aunque se buscaba por todo el reino, no se encontraba al elefante blanco, dio orden a sus soldados para que le trajeran también a aquellos dos raros animales de los que la gente hablaba.

—Haré que me ayuden a encontrarlo, puesto que tienen tanto poder —se dijo el rey.

Mientras, Kamala y Raktamukha seguían adelante por campos y montes. Dormían al raso, bajo las estrellas, comiendo y bebiendo lo que encontraban. Por los caminos se tropezaron con gentes muy diferentes, músicos y bailarines, acróbatas, encantadores de serpientes, vendedores ambulantes... Y Kamala, que cada vez estaba más sucio y más contento, jamás se había sentido tan feliz.

Un día encontraron a un hombre que parecía encontrarse muy débil, tendido bajo un árbol. Estaba desnudo y la ceniza cubría su cuerpo.

—¿No podríais ayudarme? —rogó al verlos—. Quisiera llegar a la Ciudad Santa antes de morir, pero no sé si podré...

El árbol bajo el que el hombre se encontraba era un mango. Raktamukha trepó por sus ramas hasta alcanzar unos frutos con que calmar el hambre y la sed de aquel desconocido.

Kamala se arrodilló como otras veces lo hiciera para que el rey, con sus brillantes vestiduras, subiera sobre él, esperando a que aquel hombre se acomodara tendiéndose sobre su lomo. Y los tres juntos volvieron a emprender la marcha.

No llevarían dos horas de camino, cuando un gran estruendo a sus espaldas les hizo volver la cabeza. Eran los soldados del rey que avanzaban hacia ellos.

—Nos alcanzarán sin remedio —dijo Kamala con tristeza.

Pues el elefante, abrumado por la carga, no podía apresurar el paso. Entonces el hombre que iba sobre su lomo les habló.

—Tal vez sea yo ahora quien pueda ayudaros. Raktamukha, métete entre las patas de Kamala —ordenó— y quedaos los dos completamente quietos. Ellos verán solo lo que yo les haga ver.

Al acercarse los soldados, frenaron sus caballos, sorprendidos, se miraron unos a otros y acabaron por echarse a reír soltando grandes carcajadas.

—¿Quién era el que había creído ver un

elefante, quién?... ¡Vamos, confundir un elefante con un peñón!...

Dieron media vuelta y se alejaron levantando una gran polvareda al galopar.

—Ya podemos seguir —dijo el peregrino cuando los soldados se perdieron en la lejanía.

Y otra vez se pusieron a caminar. Kamala y Raktamukha iban maravillados de lo ocurrido, tanto que parecían haber perdido el habla. El calor era tan terrible como si la tierra entera fuese a empezar a arder y la marcha se hacía cada vez más difícil.

El hombre rogó a Kamala que lo dejase bajar de su lomo, pues ya se encontraba mucho mejor.

—Tengo que seguir mi camino. Y vosotros el vuestro —dijo mirándolos con amor.

Así que se despidieron y el peregrino se alejó en busca de la Ciudad Santa, llena de templos donde brillan las luces de miles de lamparillas encendidas por todas las gentes que vienen a rezar y a purificarse.

Y Kamala y Raktamukha siguieron adelante, bajo un sol de plomo.

Al cabo de algún tiempo, Raktamukha se paró de pronto olfateando y miró hacia el cielo.

—¡Mira —dijo alegremente—, vienen las lluvias!

Una nubecilla se mecía ya sobre sus cabezas y no tardaron en seguirla grandes nubes grises que avanzaban hinchándose y creciendo hasta llenar todo el cielo. Retumbó un trueno a lo lejos y el aire trajo olor a tierra mojada, el cielo se puso aún más gris y de pronto el agua empezó a caer a torrentes.

Kamala y Raktamukha bailaban felices, dejándose bañar por la lluvia, abriendo la boca para que el agua aplacara también su sed.

—¡Kamala! —grito Raktamukha mirando a su amigo con mucho detenimiento—. ¡Cómo has cambiado!... ¡El agua te ha lavado y tu piel sigue siendo gris!

Y cuentan que Kamala, con Raktamukha, consiguió llegar al fin a la selva donde había nacido, viviendo una vida larga y feliz entre otros elefantes grises. Y desde entonces nunca más se ha vuelto a ver un elefante blanco sobre la tierra.

EL AGUILUCHO

EN lo más escondido y profundo del misterioso Tíbet, en las grandes alturas solitarias, se alza un viejo monasterio construido sobre la misma roca.

Desde hace varios siglos, han vivido allí los monjes dedicados a la meditación y al estudio.

Cuentan que hace mucho tiempo vivió en el monasterio un monje, el lama Nan Singh, que había llegado muy lejos buscando «el camino de la luz». Todo el mundo reconocía que tenía grandes poderes. Su espíritu podía viajar hasta regiones desconocidas mientras su cuerpo permanecía tranquilo y quieto en la pequeña celda. Podía cono-

cer el pensamiento de las gentes sólo con mirarlas. Y comunicarse sin palabras y a largas distancias con aquellos que lo necesitaban. Bastaba sólo con que sus manos rozaran las frentes de los enfermos, para que éstos respiraran aliviados sintiéndose libres de todo dolor.

Desde la ventana de la celda del monje Nan Singh, se veía la Montaña Santa coronada por nieves perpetuas. Y el Lago Sagrado de aguas cambiantes, que a veces parecían profundamente verdes, otras azules y transparentes, o grises y oscuras si los terribles vientos que recorren la región las levantaban removiéndolas.

Un día, Nan Singh volvía de la Ciudad Santa, a donde había bajado para visitar al jefe de todo el país, el Dalai Lama. Iba ascendiendo trabajosamente en su camino de regreso por estrechas veredas, practicadas en las rocas, al borde mismo de grandes precipicios. Y algo que vio ante él le hizo frenar su caballo y echar pie a tierra.

Unos cazadores, con las armas en la mano todavía, acababan de dar muerte a una pareja de águilas reales.

Los dos cazadores se arrodillaron al ver acercarse al monje.

—¿Por qué, por qué lo habéis hecho? —les preguntó.

—Señor —contestaron—, devoraban nuestras cabras...

El monje miró apenado hacia el nido donde un aguilucho, casi recién nacido, había quedado sin defensa.

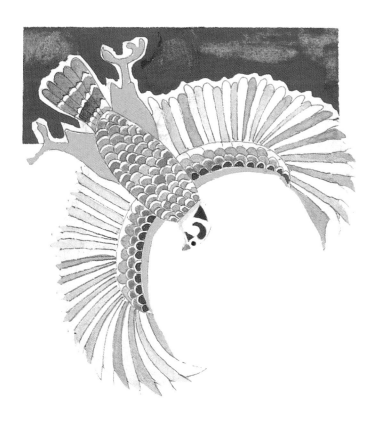

—Éste —dijo señalando— no puede hace-
ros ningún mal, respetadle la vida.

Los cazadores bajaron la cabeza avergon-
zados. Y Nan Singh se acercó hasta el nido,
tomó al animal, que temblaba espantado, le
abrigó bajo su manto y partió con él hacia el
convento.

Y desde aquel día, el aguilucho vivió ampa-
rado por el monje, que le dio su calor, com-
partiendo con él su comida y su celda.

—Te llamaremos Kang Rimpoche (Nieve Preciosa) —dijo Nan Singh— en honor de la nieve que cubre nuestra Montaña Santa.

Bajo sus cuidados, el aguilucho fue perdiendo el miedo. Ya no temblaba al oír el menor ruido, ni corría a esconderse si los pasos de algún monje se acercaban.

Kang Rimpoche, al cabo de unas semanas, empezó a cambiar el plumón blanco que cubría su cuerpo por un plumaje más fuerte y oscuro de brillantes reflejos cobrizos. Y a lo largo de los meses fue acostumbrándose a la vida del monasterio.

Por las noches, cuando Nan Singh se acostaba sobre el suelo, bien envuelto en su manto, el aguilucho venía a colocarse a su lado para dormir también.

Y cuando los fuertes golpes de un gong, antes de que amaneciera, avisaban para los primeros oficios, Kang Rimpoche abría sus ojos, sacudía las alas y seguía a Nan Singh apresuradamente por los largos pasillos y las interminables escaleras uniéndose a muchos otros monjes que acudían a la oración.

En el gran templo, sostenido por enormes columnas de piedra, las puertas se abrían de par en par para que los peregrinos entraran también. Sonaban las trompetas de cuerno y las campanas de plata, las lámparas doradas daban su resplandor, los incensarios repartían su humo oloroso y miles de lamparillas de aceite, encendidas por los monjes más jóvenes, empezaban a brillar bajo las estatuas sagradas. Los cánticos llenaban el recinto y los molinos para el rezo se agitaban sin descanso. Las piedras preciosas y el oro de las ofrendas, dejadas por los devotos que durante siglos habían acudido a visitar la Montaña Santa, cubrían las paredes y se amontonaban ante la estatua de Buda.

Cuando acababan las oraciones, Nan

Singh volvía a su celda y repartía con Kang Rimpoche la harina de cebada mezclada con té y manteca que componían su desayuno, antes de entregarse al trabajo del día.

El monje enseñó al aguilucho a comunicarse con él sin necesidad de usar sonidos ni palabras. Y sus pensamientos se transmitían de uno a otro sin la menor dificultad.

En las largas horas que Nan Singh dedicaba al estudio, cuando en la biblioteca consultaba los pesados libros, cubiertos por tapas de madera, donde estaban encerrados los conocimientos secretos que otros monjes más antiguos habían arrancado a la naturaleza, Kang Rimpoche estaba con él.

Si Nan Singh se ocupaba de curar y consolar a los peregrinos, venidos desde los puntos más lejanos en busca de ayuda, Kang Rimpoche le acompañaba.

Cuando Nan Singh se entregaba a la meditación, sentado en el suelo, frente a la belleza de la Montaña Sagrada a la que el sol arrancaba destellos rosados, Kang Rimpoche permanecía a su lado.

En los días en que el lago aparecía tranquilo y Nan Singh se inclinaba sobre las aguas para ver en su fondo, como en un maravilloso espejo, escenas del pasado o del porvenir, Kang Rimpoche se quedaba inmóvil mirando también.

Y si Nan Singh, como todos los monjes, tenía que bajar a las cocinas para ayudar en los trabajos más humildes y moler y tostar la cebada con que la comunidad se alimentaba, Kang Rimpoche le seguía.

Llegó otra vez el invierno con sus grandes fríos. Las tormentas de nieve y los terribles vientos hacían intransitables los caminos. Ninguna caravana de peregrinos podía llegar hasta el monasterio, que había quedado aislado.

Una noche, cuando todos dormían, Nan Singh, que también descansaba, se incorporó de pronto, pues había recibido en sueños un mensaje del Dalai Lama ordenándole que se pusiera en camino hacia la Ciudad Santa.

—Kang Rimpoche, ¿estás despierto?... Tengo que salir de viaje ahora mismo.

—Está bien, yo te acompañaré —dijo Kang Rimpoche abriendo los ojos.

—No, esta vez debo ir solo. El Dalai Lama me necesita —le contestó Nan Singh.

—¿Y qué voy a hacer sin ti? —dijo Kang Rimpoche lleno de temor y de tristeza.

—Kang Rimpoche, el que yo me vaya no quiere decir que te abandone. Sabrás de mí todos los días. Y si tú quieres algo también me lo puedes hacer saber. Es muy fácil, basta sólo con que pienses en mí con tanta fuerza que puedas verme como me estás viendo ahora y entonces me lo digas.

Y el monje acarició al aguilucho para tranquilizarlo. Después subió a su caballo y se alejó luchando contra el viento y la nieve.

La promesa hecha por Nan Singh no dejó de cumplirse. Al día siguiente, Kang Rimpoche sintió que Nan Singh le hablaba igual que cuando estaban juntos.

—El camino ha sido duro pero he llegado bien. Kang Rimpoche, ¿cómo estás?

Y al aguilucho, que quería tanto al monje, no le fue difícil evocar su figura y enviarle su mensaje.

—Vuelve pronto, te espero.

—Muy bien, Kang Rimpoche —le volvió a

decir Nan Singh contento de comprobar que el aguilucho había sido capaz de hacerlo.

Y de esta manera el monje y el aguilucho supieron el uno del otro todos los días a pesar de estar tan lejos.

—Mañana estaré en el convento —le anunció al fin Nan Singh.

Kang Rimpoche, lleno de alegría, aleteó por todo el monasterio. Visitó las celdas de los más ancianos, recorrió los talleres donde los monjes se entregaban a los trabajos más diversos, pasó por la biblioteca, entró a las aulas en las que recibían enseñanza los más jóvenes y bajó hasta las cocinas. Después se colocó ante el gran portón que daba al camino y se quedó quieto esperando. Y no hubo nadie en el convento que no se diera cuenta de que el lama Nan Singh estaba a punto de llegar.

El invierno pasó y de nuevo llegó la primavera, los vientos se suavizaron algo y el sol empezó a brillar en un cielo transparente donde nubes pequeñas, como copos de algodón, corrían velozmente.

Kang Rimpoche había crecido mucho y se había convertido en un águila magnífica que

volaba por encima del Lago Sagrado, se alejaba hasta la Montaña Santa y era señalada con admiración por las caravanas de peregrinos que llenaban los caminos y las cercanías del monasterio.

Un día, el lama Nan Singh, que miraba desde la ventana de su celda el vuelo de Kang Rimpoche, le sonrió diciéndole:

—Ya es hora de que busques tu camino. Ya no necesitas ayuda.

Y Kang Rimpoche voló cada vez más lejos.

Conoció otras alturas, encontró compañera y construyó su propio nido. Pero siempre volvía a visitar a Nan Singh, el monje que lo había salvado.

Una tarde en que el águila se había parado a descansar sobre unas rocas, oyó a tres hombres que debajo de él, en un recodo del camino, hablaban entre ellos.

—Nos mezclaremos con los peregrinos...

—Esperaremos hasta la noche y, cuando todos duerman, forzaremos la puerta del convento.

—Entraremos en el templo y nos llevaremos todo el oro, todas las piedras preciosas.

—Antes de que los monjes despierten estaremos bien lejos sin que nadie sospeche de nosotros.

Kang Rimpoche, alarmado por lo que había oído y no queriendo perder de vista a los bandidos, envió su pensamiento a través de la distancia hasta la celda de Nan Singh, para advertirle de lo que pasaba.

—Está bien —le contestó el monje—, déjalos venir.

Y los ladrones, tal como lo habían planeado, se mezclaron entre las gentes que acampaban junto al monasterio, aguardaron a que todos estuvieran dormidos, cubrieron sus caras con máscaras, sacaron las armas que llevaban escondidas bajo las ropas y se acercaron al monasterio. Forzaron la puerta, se deslizaron a oscuras hasta el templo y entraron en él. Aún no habían dado más que unos pasos en el interior del recinto, cuando el asombro los dejó paralizados. Los cantos de los monjes se alzaron en la oscuridad, después las grandes lámparas fueron encendidas y a su resplandor los ladrones vieron que todos los monjes del convento ocupaban sus sitios, llenando el templo. Los ladrones retrocedieron intentando escapar, pero las puertas habían sido cerradas.

Entonces el lama Nan Singh, levantándose, se adelantó sonriente hacia ellos. Y mirándoles fijamente les dijo:

—Hermanos, os esperábamos. ¿Queréis acompañarnos en nuestros rezos?

Los ladrones, asustados y temblorosos, se arrancaron las máscaras, tratando de esconder sus armas otra vez bajo sus ropas. Y se sentaron junto a los monjes para acompañarles en sus oraciones.

Nadie les dijo nada ni les causó ningún mal.

Cuando los oficios terminaron, las puertas volvieron a abrirse. Los bandidos se miraron entre ellos, dieron unos pasos vacilantes y, al ver que nadie los detenía, escaparon a todo correr.

Y cuentan que Kang Rimpoche siguió visitando al lama Nan Singh en su celda. Y hablando con él a través de la distancia cuando se había alejado demasiado. Porque el pensamiento puede ser aún más veloz que las alas de un águila.

LA MARIPOSA DORADA

EN el Japón existen los jardines más hermosos del mundo. Los árboles más raros y las flores más preciosas nacen y se cultivan con mucho cuidado, para que cada vez salgan de formas más extrañas y colores más brillantes.

Cuentan que hace cientos de años, en uno de estos jardines maravillosos —donde todas las mañanas solía jugar una niña que se llamaba Kiku, que es igual que llamarse Crisantemo—, un día, bajo un árbol de ramas retorcidas que crecía junto al estanque, nació un pequeño gusano.

Cuando salió del minúsculo huevo, el gusanillo era torpe y feo, apenas veía, pero empezó a arrastrarse despacio por la corteza del árbol, trepando lentamente, en busca de algo, aunque ni siquiera él mismo sabía lo que quería.

Al fin, su cabeza tropezó con una hoja tierna y apetitosa y su boca se abrió rápidamente.

«Esto es lo que yo buscaba...», pensó mientras seguía comiendo sin parar.

Tanto comió, que su cuerpo se fue hinchando como un globito y apenas podía moverse. Así que se echó a dormir la siesta para hacer bien la digestión.

Cuando despertó volvió a comer. Y después volvió a dormir. Pasaron los días y el gusano siguió creciendo y engordando.

«¡Qué barbaridad! ¡Qué fuerte me encuentro!», pensó al despertarse un día, después de haber cumplido ya una semana.

Abrió bien los ojos para fijarse en todo lo que le rodeaba. Pero las ramas del árbol no le dejaban ver nada a su alrededor. Miró hacia abajo y se vio reflejado en el agua del estanque, asomado entre las hojas, como si estuviera metido dentro de una gran gruta verde.

—Esa cosa tan pequeña que se mueve soy yo —se dijo el gusano con una gran desilusión—. Pues

no me gusto nada..., quiero cambiar..., tengo que cambiar... Necesito algo, algo más, aunque no sé lo que es...

—¡Busca...! ¡Busca...! —le susurró el agua del estanque, que se movía ligeramente como si alguien le hubiera lanzado una piedra.

Y el gusano volvió a trepar hacia arriba por las ramas del árbol, preocupado por lo que tendría que hacer para conseguir mejorar. Cuando sentía hambre se paraba a morder alguna de las hojas que le rodeaban y enseguida volvía a ponerse en camino. Ya no se contentaba sólo con comer y dormir como antes. Había otras muchas cosas que le inquietaban y que necesitaba saber.

«¿Qué habrá más allá de las hojas...? —seguía pensando—. El mundo no puede ser sólo esto..., tiene que haber muchas cosas más, aunque yo no alcanzo a verlas..., tengo que llegar a descubrirlas...»

Pero el camino era trabajoso y difícil. Un día estaba ya tan cansando, que le pareció que no podía avanzar más. Se paró durante un largo rato, quedándose completamente inmóvil.

—Qué mal me encuentro... ¿Qué es lo que me pasa?... —se preguntó—. Después de todo, para qué tanto caminar, ni siquiera sé lo que busco ni a dónde voy...

Y en aquel momento el gusano sintió que su piel se desgarraba y se le desprendía del cuerpo, como si fuera una vieja funda de papel de celofán arrugada por el uso.

«¡Qué catástrofe! —pensó el pobre gusano—. Ya era bastante birria y ahora debo de estar mucho peor...»

Y miró con miedo hacia abajo para verse reflejado en el agua del estanque. Asombrado, notó que una nueva piel, más suave y de un color más claro, le había quedado al descubierto.

—¡Pues he mejorado mucho! —dijo sin poder dejar de mirarse—. Además, me siento mucho más ligero. Y seguramente caminaré más deprisa. Creo que voy por buen camino.

Y el agua del estanque volvió a moverse para hablarle.

—¡Sigue...! ¡Sigue...! —le dijo.

El gusano volvió a emprender la marcha alegremente. Durante muchos días trepó y trepó sin descanso. A veces se desanimaba de nuevo y le parecía que no podía seguir, porque él seguía siendo muy pequeño y el árbol muy grande. Y por tres veces más, su piel volvió a desprenderse dejándole asombrado cada vez que al mirarse en el estanque se veía más blanco y más transparente.

—Sigo mejorando —repetía feliz—, me siento mucho más ágil y más rápido. Puede ser que ahora encuentre lo que busco.

Y cada vez el agua del estanque volvía a animarlo:

—¡Busca...! ¡Sigue...!

Y el gusano, contento, volvía a emprender el camino. Un día, cuando ya se iba acercando a la copa del árbol y las ramas se habían hecho menos espesas, vio el primer rayo de sol bailar entre las hojas. Se quedó admirado al ver aquel polvillo dorado moviéndose con tanta rapidez delante de sus ojos.

—¡Así me gustaría a mí ser! —dijo el gusano—: tan rápido y tan brillante.

Y el rayo de sol se acercó y envolvió al gusano en su calor.

—Eres lo mejor que he encontrado hasta

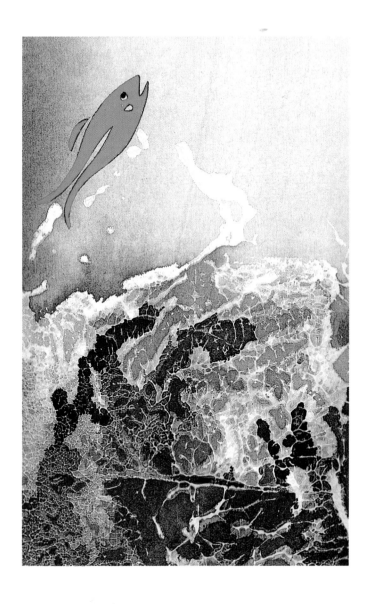

ahora —le dijo el gusano, agradecido—. Tú
que vienes de allá afuera, dime, cuéntame
qué es lo que hay.

—Es algo tan hermoso —le contestó el rayo
de sol— que es imposible de contar. Hay que
salir y verlo.

—Pero fíjate en mí —dijo el gusano—, lle-
vo ya muchos días intentándolo. Cuatro veces
he mudado de piel y, a pesar de eso, todavía
no he logrado llegar más que hasta aquí.

—Es que todavía no has cambiado lo bastante —le dijo el rayo de sol—. Si quieres salir afuera y formar parte de la hermosura de
la tierra, tendrás que cambiar mucho más.

—¿Más todavía? —dijo el gusano, desalen-
tado—. No sé si podré...

Y el rayo de sol, para animarlo, empezó a
hablarle del sol y de la luna, de las montañas
y de los ríos, del día y de la noche, de la luz y
de las estrellas.

—Sí, tengo que intentarlo —dijo el gusano,
decidido—, estoy dispuesto a cambiar sea
como sea.

Y el gusano esta vez no siguió trepando
lentamente, sino que buscó una grieta en la

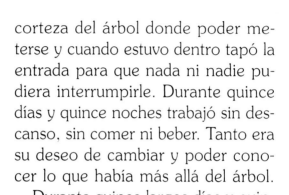

corteza del árbol donde poder meterse y cuando estuvo dentro tapó la entrada para que nada ni nadie pudiera interrumpirle. Durante quince días y quince noches trabajó sin descanso, sin comer ni beber. Tanto era su deseo de cambiar y poder conocer lo que había más allá del árbol.

Durante quince largos días y quince largas noches fue tejiendo una maravillosa tela, transparente y amarilla, hecha con su cansancio y su soledad. La adornó con preciosos dibujos teñidos en morado, por su miedo. Entrelazó toda su labor con el hilito verde de su esperanza. Y como último adorno le colocó dos grandes lunares rojos, fabricados con su propio dolor.

Al fin, una mañana, el rayo de sol, que todos los días acudía hasta la entrada de la grieta para ver qué ocurría, vio que el gusano estaba destapando ya la entrada.

Primero asomó una cabecita brillante con dos largas antenas, después el cuerpecillo suave. Cuando ya estuvo fuera, pudo abrir y extender las dos grandes alas en las que tanto había trabajado.

—Jamás te hubiera reconocido —dijo el rayo de sol, contemplándolo entusiasmado.

—¿Crees que será bastante este cambio? —le preguntó el gusano con inseguridad—. He hecho todo lo que he podido.

—Tu trabajo no ha podido ser mejor. Ya sí que puedes salir. Aunque espera, antes quiero darte algo... —y el rayo de sol derramó su polvillo dorado sobre las alas del gusano para que brillara aún más—. Y ahora, ¡sígueme...! —le dijo alegremente.

Y el gusano alzó sus alas y voló siguiendo al rayo de sol. Abandonó el árbol bajo el que había nacido y, deslumbrado, conoció toda la hermosura de la tierra. Se dejó flotar en el aire bañado por la luz del día.

—¡Tenías razón! —le gritó al rayo de sol—. ¡Todo es mucho mejor de lo que puede contarse!

Vio las montañas azules a lo lejos y, debajo de él, el jardín lleno de flores y el árbol por el que le había sido tan difícil trepar.

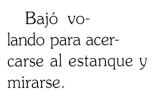

Bajó volando para acercarse al estanque y mirarse.

—¡Cómo me alegra verte tan cambiado! —le dijo el agua moviéndose contenta.

—Qué animal más extraño —se decían las flores, unas a otras, muy bajito—, debe de ser extranjero.

—Ven, ven, acércate que te veamos —le llamaban admiradas.

Y cuando se acercaba, las flores se abrían para darle a probar la miel que guardaban en su fondo.

Aquella mañana, como todos los días, Kiku corría y saltaba por el jardín, cuando vio algo que le pareció una extraña y preciosa flor entre las otras flores.

—¡Qué flor tan bonita! —dijo la niña, mirándola—. Nunca vi una igual, cómo brilla...

Acercó sus dedos para tocarla, pero escapó volando rápidamente y se remontó en el aire.

—¡Es una flor que vuela! —dijo la niña, sorprendida. Y Kiku vio con asombro que entre sus dedos había quedado un polvillo dorado.

Así dicen que fue como apareció en el mundo la primera mariposa.

INDICE

El último elefante blanco 7

El aguilucho 34

La mariposa dorada 52

TÍTULOS PUBLICADOS
Serie: a partir de 8 años

1. *A bordo de La Gaviota*. Fernando Alonso.
2. *El hijo del jardinero*. Juan Farias.
3. *Oposiciones a bruja y otros cuentos*. José Antonio del Cañizo.
5. *Cuatro o tres manzanas verdes*. Carmen Vázquez-Vigo.
11. *El faro del viento*. Fernando Alonso.
14. *Unos zuecos para mí*. Carmen Pérez-Avello.
17. *Historia de una receta*. Carles Cano.
21. *El tesoro de las mariposas*. M.ª Antonia García Quesada.
25. *En Viriviví*. Consuelo Armijo.
27. *Alejandro no se ríe*. Alfredo Gómez Cerdá.
28. *El robo del caballo de madera*. Joaquín Aguirre Bellver.
31. *Don Inventos*. M.ª Dolores Pérez-Lucas.
32. *Cuentos de cinco minutos*. Marta Osorio.
34. *El último de los dragones*. Carles Cano.
35. *Memorias de una gallina*. Concha López Narváez.
36. *El inventor de mamás*. Braulio Llamero.
41. *El Archipiélago de la Cabra*. Antonio Rubio.
42. *La ciudad que tenía de todo*. Alfredo Gómez Cerdá.
49. *La llamada de las tres reinas*. Xoán Babarro, Ana M.ª Fernández.
50. *El pequeño davirón*. Pilar Mateos.
53. *Mi amigo el unicornio*. Antonio Martínez Menchén.
55. *La gallina que pudo ser princesa*. Carles Cano.

56. *Mágica radio.* Francisco J. Satué.

57. *El planeta de Mila.* Carlos Puerto.

61. *Amelia, la trapecista.* Ricardo Alcántara.

62. *Una semana con el ogro de Cornualles.*
M. A. Pacheco.

64. *Aventuras de Picofino.* Concha López Narváez.

65. *La aventura peligrosa de una vocal presuntuosa.*
Angelina Gatell.

70. *No se lo cuentes a nadie.* M. Assumpció Ribas.

71. *Las desventuras de Juana Calamidad.*
Paco Climent.

75. *La bici Cleta.* Daniel Múgica.

77. *En mi casa hay un duende.* Antonio Martínez
Menchén.

80. *De hielo y de fuego.* M.ª Dolores Pérez-Lucas.

83. *Juana Calamidad contra el hombre-lobo.*
Paco Climent.

84. *Cara de Almendra.* Juan Tébar.

85. *Los superhéroes no lloran.* Manuel L. Alonso.

95. *Estrella siente el tiempo.* M. Assumpció Ribas.

101. *El gran amor de una gallina.* Concha López
Narváez.

102. *El último elefante blanco.* Marta Osorio.

103. *La niña que no quería hablar.* Antonio Martínez
Menchén.

109. *Una historia sin nombre.* Antonio Martínez
Menchén.

TÍTULOS PUBLICADOS
Serie: a partir de 10 años

4. *Montes, pájaros y amigos.* Montserrat del Amo.

6. *El largo verano de Eugenia Mestre.* Pilar Molina Llorente.

7. *El Mago de Esmirna.* Joan Manuel Gisbert.

8. *Mi tío Teo.* Pilar Mateos.

9. *El árbol de los pájaros sin vuelo.* Concha López Narváez.

10. *El soñador.* Joles Sennell.

12. *La leyenda de Boni Martín.* José Luis Olaizola.

13. *Nadie habrá estado allí.* Ángela C. Ionescu.

15. *Adiós, Josefina.* José María Sánchez-Silva.

19. *Mi hermana Gabriela.* José Luis Olaizola.

20. *El secreto de Gabriela.* José Luis Olaizola.

22. *Romaníes.* Marta Osorio.

23. *Luna en la frente.* Joaquín Aguirre Bellver.

24. *La Cuesta de los Galgos.* Juan Farias.

26. *Lope y su amigo indio.* Juan Ignacio Herrera.

30. *Mi amigo Fernández.* Fernando Lalana, José María Almárcegui.

33. *La pareja indomable.* Jesús Ballaz.

37. *El gigante que perdió una bota.* Carlos Murciano.

38. *Jim.* Manuel L. Alonso.

39. *El día que hizo mucho viento.* Jorge Bogaerts.

43. *El Gran Dragón.* Jordi Sierra i Fabra.

44. *Bilembambudín o el último mago.* Elsa Bornemann.

45. *Pan Gu.* Fernando Almena.

51. *La isla de las montañas azules.* Manuel L. Alonso.

58. *Silverio el Grande.* Pilar Mateos.

59. *Encuéntrame un tesoro.* Joles Sennell.

66. *Prohibido llover los sábados.* Maite Carranza.

67. *Cuentos roídos.* Carles Cano.

68. *14 de febrero, San Valentín.* Ricardo Alcántara.

72. *Los monstruos de la niebla.* Fernando Martínez Laínez.

73. *Navidad. El regreso de Eugenia Mestre.* Pilar Molina Llorente.

76. *El vampiro del torreón.* Josep Lorman.

78. *Los viajes de Pericot.* Carles Cano.

79. *Sin miedo a los brujos.* Pilar Mateos.

82. *La guerra de los minúsculos.* Andreu Martín.

87. *Un genio en la tele.* Jordi Sierra i Fabra.

94. *Dilaf el sabio.* César Vidal.

96. *La increíble historia de Fulvio Malagana y su perro Barbas.* Jaume Escala.

98. *Un problema de narices.* Jaume Ribera.

105. *Alba, Blanca y el alot.* Carlos Murciano.

111. *Dilaf y la princesa.* César Vidal.